僕は馬鹿になった。

我變成了笨蛋

北野武 詩集

好久沒有了，深夜中一個人，去探索思考中的自己。
也許，這一切最後不過是，我的自言自語。

——代替前言　北野武

目次

右眼

158

死掉的狗

騙人把戲的布幕捲起，我縱身一躍粉墨登場
輕薄時代裡，人生道理，是用不到舵的帆船
我被愛嗆到，吐在自己身上，委身時代的浪潮
在奔馳年代的齒輪下，躲在誰身後，活著也不錯

不讓人看到眼淚，也不笑，愛沒有送達我的身體僵硬
清醒時代裡，溫柔，是載浮載沉的泥船
堅強活下去啊，是母親的聲音，教我去死的，是父親的臉
是漂泊的一生，卻在尋找安息的場所，活著也不錯

外面在下雨

從這個房間，雨滴聲，雨滴彈到車上的聲音，我都聽不到

外面在下雨

脫下溼漉漉的木屐，只淋醬的可樂餅和冷飯

我沒有任何不滿，躺下聽收音機

為了明日的約會，就那一件毛衣，穿了又脫脫了又穿

　外面在下雨

現在已經是，被她甩了，也不會想哭的，我

魔法的一句話

如果能像鳥一樣，自由飛在天空
如果能像魚一樣游泳，不去想為什麼
根本沒有什麼生物能享受自由
活下去，就是不去管痛苦、悲哀、目的是什麼
她魔法的一句話，又把這些想法都吹走
我喜歡你

笨蛋兒子

被沒關掉的電視吵醒
我像一個病人，坐到母親的遺像前
酒、女人、蠢事、前晚的餘韻還緊箍腦子
例行公事的蠟燭、線香
工作事、家人的事、自己的事
和母親活著的時候沒什麼不同，和母親耍賴的
無能的我

快啊

快啊！時間不等人，快把時間停住

不然的話

金錢啊，名聲啊，女人啊，青春啊，全部都會逃走

快啊

不趕快死的話，全部都要不行了

普通的她

不要為了不理你的她努力
不能沉醉在愛戀中的自己
忘情寫的情書，禮物都沒半點路用
她就是到處都有的，普通女生
只是，不喜歡你而已

喂

天空很藍，大海很廣，擁有夢想
還有朋友，正和誰在戀愛
口袋錢也夠用
是這樣嗎
那，你怎麼還不去死一死？

渴望

戒酒吧，戒菸吧，戒掉浪費吧
戒掉忌妒吧，為父母打算吧
戒掉說謊吧，為誰做些什麼吧
這樣，那個女孩或許會回來

笨蛋

我變成了笨蛋
蹬上鞦韆，盯著飛機雲，打噴嚏
用袖子擦鼻涕，身體往後倒
從鞦韆掉到病床
還是看著天空，打噴嚏
流到下巴的口水也用袖子擦

我變成了笨蛋
還等著打噴嚏

陌生的街

回過神來，我闖進了陌生的街
遇到十字路口就轉彎，進入中央大道
馬路上到處躺著屍體
男人、女人、小孩、老人

我開始拚命，轉動方向盤
要避開屍體
前方的路，突然消失
我踩了好幾回煞車，車子在緩緩掉落

再見

我不說，一直以來多虧有你
消失的戀愛回憶
只是，折磨自己而已

　再見

我不說，有什麼事情，可以打給我
走掉的你
不會有需要我的地方才對

再見

我不說，你要保重
你不存在，我比較好忘掉
　再見
你給的，圍巾、帽子、手套
我收進抽屜，又拿出來
像任性的小孩，總讓我心煩

景色

從車窗看去景色依舊
在母親胸上睡著的女兒
兩手環抱行李，在找計程車的父親
是到處都有的，普通家庭

拋棄掉那些，我得到
靠電波傳布的
推倒表象的正義，強勢的好意
裝成笨蛋的無知者
伶牙俐齒的單細胞
媒體暴力，那些吃飯還張嘴說話的庸俗嘴臉

鬱症

下新大阪車站月台，一切如常
在某個地方，chaos的笑臉在那

對笑了一下，我們就上車進城
電影的事，電視的事，女人的事，家人的事
一樣是那些蠢事
明天，道再見，我們笑臉相別
我又在大阪，拋下寂寞後回來了

追憶

如果我們擁有多一些回憶
只靠悲傷明明無法過活
我們之間沒有回憶，也沒有
勾肩散步，長椅聊天，也沒有
揮揮手，說再見
只有
在房間一角哭泣的，你的背影

無政府狀態

科索沃民族紛爭、盧安達難民、東帝汶
車臣衝突、地球暖化、有珠山火山爆發
酷斯拉死了
這些都不重要
該怎麼樣就怎麼樣
因為我被她甩了

不要被騙了

人至少會有一個優點值得驕傲
什麼都好，要去找到它
讀書不好，可以運動
如果都不行，你至少善解人意
抱著夢想，抱著目標，努力就會成功

不要被這些話術騙了，什麼都沒有也很好
人被生下來、活下去、死掉
光是這樣也很厲害

長嶋#先生

望遠鏡裡的，長嶋先生一下就不見人影
我決定放棄，看向遠方小小的長嶋先生
與那嶺#來了，在和長嶋說話
比賽中的長嶋先生，沒有打數
好難過

場外，我拿到與那嶺先生的簽名
和長嶋先生說話的
與那嶺先生的簽名

長嶋茂雄（1936—），日本棒球傳奇打者，現為巨人隊終身名譽教練。
與那嶺要（1925—2011），曾任日本巨人隊打者、教練。

CALL

今天要和老朋友見面，他說
白天我 CALL 妳好幾次了，他說
我再看看能約什麼時候，他說
六日我要回父母老家，他說
我的電腦，正在送修，他說
我現在上課中，他說
我平常都工作到很晚，而且有點感冒了，他說
我沒有時間，他說

我再CALL妳，他說

8月的毛澤東

升空的氫氧化物，搞詐欺的電子錢包
暴走的規格，被塗改的條碼
蹲下去的共產主義者，搞自閉的基督徒
會自爆的伊斯蘭教，武裝自己的人道主義
玩弄性器的嬰幼兒，連結一起的胃和肛門
聚集屍首的解剖人員，當義工的暴力集團
強暴老婆挾持兒子當人質的父親

跑者

看人的臉說話，或是看眼睛，我做不到
在他人面前曝晒自己
我低頭走路，我的腳沿著地面向前
游泳時也向下，我的腳會搔著水
我喜歡看這樣的畫面

對了，來跑跑看吧
看看我的腳如何在地面上滑行
聽到聲音，意識有點模糊
我好像撞上了什麼

脫下內褲的猴子

鳥盛裝展翅，拚死找女人
海豹渾身是血，把牙嵌進對方脖子
馴鹿不惜斷角，也要互相頂撞
公獅吃掉母獅前夫的小孩，再向她求愛
螳螂頭顱被弄斷，也要交尾
我愛女人，也是可以理解

孤獨

不為人知下做好事
好事？
假如對方不知道，怎麼判斷是好事
低調地愛她
本人都不知道，這算什麼愛
釋迦捨身餵餓虎，這件事
沒有人目睹，怎麼會流傳？
我活著，死掉

沒有人回憶的我要怎麼存在
所以人類替人類，造了神
神會知道吧

談戀愛的人

說完再見女朋友快步走進公寓
等房間的燈亮了再走吧
她一定會從房間的窗戶看我
不走左邊一點不行，窗戶看過來有個死角
要回頭嗎，那樣顯得依依不捨
抽根菸嗎，不行，太像個流氓
野狗來了，要摸摸牠的頭嗎，感覺有點髒
走吧，但好像沒有計程車錢

走到T字路口了，要往左還往右
不對，這裡就可以搭小黃
來一台，啊，招手還跑掉
不妙，被女朋友看到了，怎麼辦？
嗯，搔搔頭裝無辜
我到底在幹嘛？

小小哲學家

宇宙誕生一五〇億年，太陽系誕生五〇億年
生物誕生三十五億年，人類誕生二〇〇萬年
算成年曆，人類在十二月三十一日出生
這樣想想我的人生算什麼
比一瞬的光還短暫，要怎麼活都無妨
但是，另一個我說
正因為是一瞬的光，更要精彩活著贏得永遠
世界上明明有幾十億個女人

被一個女人甩了，這樣落寞算什麼
更優秀的，愛你的女人有好幾打
還沒遇到而已
不，幾十億當中為什麼和妳相遇？
這一定是命運，這個世界不是偶然
妳出生到這個世界絕對不會是偶然

這樣稚嫩無趣的獨白，誕生了一個小小哲學家

朋友

有困難的時候，幫助我
擔心我像擔心他自己
聽我說話

我想交這樣的朋友
王八蛋！
想交朋友
有困難時幫助他
聽他說話
擔心他
然後不期待他有任何回報
這才是交友的訣竅

錢

錢，總之先賺錢，然後用錢來買任何東西

愛情，戀愛，友情，幸福　都買好了嗎？

接下來，來找找錢買不到的東西

生存這件事

我的小孩被獅子吃掉
從遠方，悲傷看著的，牛羚母親
乳房都還沒舔過，就死掉的我的小孩
無能為力，只能盯著的母親
殺了老大的小孩們，再生自己的小孩的新老大
幫助這一切的母猴
在確認小孩孵化展開旅程前
死盯著，然後死亡的章魚
養育性命其實是
連串的殘酷殺戮與自我犧牲

進步

妳離開我，已經過了幾天呢？
是因為寂寞嗎，我對許多事情產生了興趣
至今完全無感的，繪畫、小說、音樂、電影等
我的腦袋好像比以前靈光
這都是妳的功勞
不過如果妳要回來，我可以再變回笨蛋

湘南海邊

濡濕道路上升起的，汽車廢氣溶在霧裡
還有隱忍一切的，沉鬱的海
海邊捲起了，浪花潑濺在二人的赤腳
留下一些東西，然後撤退
我們的湘南
和車裡頭期待的湘南，完全不同

於是
二人不約而同地，笑了起來

蜜蜂

我成群結隊來到偌大的蜂巢
是和大家一起振翅的蜜蜂
巢穴因為翅膀聲傳出轟—轟—的低鳴
大夥兒都在，瘋狂地拍振身體
我也努力做出振動
突然來一隻和我頻率相同的蜜蜂
是她

理由

問我為什麼喜歡她
我從來不去想喜歡的理由
明白了喜歡的理由
便會找到討厭的地方
沒有理由，只是專心喜歡她
我要只相信這件事活下去

不安

我的房間
充滿不明形體的不安
突然間暴走、發怒、孤獨、絕望
我從房間奔出
然後，靜靜走在街上
倒影像野狗一樣
我踩著自己的影子
映在窗戶上的臉
盯著悲傷的我

不走不行
不能蹲在路邊
誰都不會對你伸出手
不走不行
他們會把你擊垮

懺悔

母親哀傷地看著我，然後哭了
那時，我對母親說的話
永遠都會折磨我
至於說了什麼，我
絕對，無法告訴旁人

去海邊吧

在葉山的這間店，喝茶
到江之島稍微玩一下
在這間店，午餐
回程先經過鎌倉
在預約的那間店，吃飯
晚上，繞個地方就回家
最後是當天
睡死在床上的我

在枕邊發怒的女友

完美的母親

這件襯衫我換了好幾種顏色，和她這樣說吧
她會說我品味好嗎？
和她說我為了禮物跑了好幾間店吧
她會心疼我的辛苦嗎？
和她說我問了好多人要挑哪間餐廳吧
她會說真是好吃嗎？
不論到幾歲
我交的是女朋友，追求的是母親

母性

她急忙要了，熱毛巾
餐廳裡的男孩殷勤拿了過來
她像照顧小孩的母親
幫我擦掉襯衫上的汗漬後笑了笑
突然就醉了
早上，起床，看不見她
桌上放了煮好的早餐，壓著
手寫紙條：味噌湯記得熱過再喝

遊戲勝負已分，她贏了
為了她，我什麼事都願意幹

搞笑藝人的約會　之一

搞什麼鬼，還不快點開機！

燈光差不多就可以了，不是只剩下30分鐘了嗎？

彩排？　你當我第一天出來混是吧！

重來一次？　王八蛋，自己在後製想辦法，你專業人士嘛！

車子還不快開過來，白癡啊，黃燈幹嘛停下來，

到底發生什麼事，路上這麼塞？

時間和路線都要算好才對吧，白癡，幹了幾年司機了你！

什麼，我的電話？就說我不在！

蛤？那個女生打來！還不快把手機給我笨蛋，

嗨～嗄，妳突然有事不能來喔

…………………………………………………………我剛剛在幹嘛？

搞笑藝人的約會　之二

黑白相間的條紋襯衫，什麼？有點花是嗎？
好那換成藏青色襯衫吧
什麼？黃色襯衫換掉比較好？
好那白色襯衫總沒話說了吧
什麼？紅色配藍色圓點領帶，不搭？
好那就換成灰色領帶
綠色的襪子也太花？
好那就改穿黑的

喂，這樣總可以了吧
從上到下都完美
好了我要出發囉！
什麼，還有？什麼啦
啥，粉紅的鞋，又不行？

社會生活

我像遊戲機台裡的人偶
在頭部、脖子、肩膀、雙手、腰部、雙腳
被綁上好幾條繩
每條繩，擅自牽引著
愛情、戀情、工作、家庭、朋友
我很激動，來回翻滾
不趕快解開繩索，我就要廢掉了
但繩索一解，我又變得無法站立

戀愛這回事

談完分手，我一個人走出店外
雨落了下來
我不撐傘、不叫計程車
不進地下道
走，就只是繼續走
淋濕的褲管貼著腿
淋濕頭髮的雨，沖掉了眼淚
啃著蜷曲的手指

滴在地上的血，就讓雨水來稀釋
一陣怒火上來
濡濕的身體就交給公園的鞦韆
即使在夢中，妳也不曾回頭
雨會停止，陽光會探頭
天會放晴
昨夜的雨和怒氣，都會離開
戀愛，不過這回事

灰姑娘

喂，小姐等很久了嗎？
我沒遲到吧，快上車
這台車子如何，我們去血拚吧
喂，喜歡什麼儘管買
客氣什麼，就買貴一點的沒關係啊
好，接下來去吃飯，怎麼樣這間餐廳
好吃嗎，太好了
下個行程，這個夜景不賴吧

醉了是嗎，那回去吧
家就在這附近嗎，那再見囉
如何呢就算只有今天，妳成為灰姑娘了嗎
我就是玻璃王子

男孩子

不覺得是強勢的熱情和獨佔欲
以為那是愛
大概是長了歲數吧，竟變得可以理解對方
尤其遇到妳之後
我不再胡來
我們的年齡、世界、情況都不同
第一次，即使分手，我也不恨對方，還感謝
我祈禱她能幸福，總是想要幫助她

能有這樣的心境，要感謝妳
終於我也成為真正的男人

同居人

我的腦裡，還住了一個同居人
他是個清醒的傢伙
我做什麼事，他都會潑冷水
當我高興，他說這麼浮躁能成什麼大事
當我悲傷，他說不要以為世界上只有你在悲傷
如此這般，他一直在當我的觀察者
好幾次我想追打他

但是不論何時，一段時間後
當我想起來，這傢伙總是對的
只是，不去在意眼前事，向前疾走
激烈的熱情、感動、愛這些，很可憐啊
這傢伙大概不會懂

有品，沒品

沒有愛也沒有友情，就和她做愛、和朋友說笑
我並不討厭受傷
我害怕傷人
讓彼此更坦誠相見吧！說什麼呢沒品的傢伙
日本文化是更高尚、重精神層面的
看到他人的喜悅模樣，把它當成自己的喜悅
卻絕不讓人發現
這才是值得驕傲的日本世界

老派的，庶民的，男人的精神

我喜歡這樣，但也感到困擾

這就是有品

死神的誘惑

被她甩了，什麼希望都沒了
如果情況沒變
我想還不如死了算了
為什麼這麼好的女人會在我身旁？
如果情況有變
在她離開我之前，在她讓我難過之前
我想先去死
原來我這麼想死

留戀

我才不會再連絡她
不CALL她，也不傳簡訊
就算被討厭我也認了
如果她CALL我
傳訊息給我，我也不接受
留戀不是我的風格

不過我的這個想法
該怎樣才能讓她知道
先 CALL 她看看好了

Takeshi#和小武

當彼得武興奮過頭
或是氣燄太高
北野武會來斥責他
當北野武失意落寞
彼得武會搞搞笑，鼓勵他
不過
如果這二人同時完蛋了
還有誰能來幫忙呢

#彼得武（ビートたけし，Beat Takeshi）：北野武的藝名、筆名，除了導演工作外都使用此名。

藝人

在悶熱的劇場舞台上，我對觀眾，對其他藝人

甚至對我自己，不斷挑釁

那個時候為何如此焦慮呢

後來

成名了，工作多了，有錢了的今天

我又在，對著什麼挑釁

淺草 Rock#

來去瞧一瞧喲淺草 Rock　這條街沒人管你有錢沒錢
來去鬧一鬧喲淺草 Rock　這裡霓虹熄滅也是不夜街

是啊，像榎健#一樣跳舞
像 清金#一樣笑
像小千#一樣生氣吧

就喝電氣白蘭#吧淺草 Rock　這條街沒人管你吐在路邊
來吃鯨魚肉囉淺草 Rock　這條街你端出海獅也不會被發現

是啊，像歌劇藏一樣被人砍#

像美國佬一樣暴走

像清司#一樣蹭飯

觀音菩薩和淺草Rock　這條街吃鴿子也沒人有意見

三社祭#和淺草Rock　這條街死人了也不會造成騷動

是啊，像伸介#一樣發胖

像渥美#一樣端出架子

像東八#一樣怪腔怪調

淺草 Rock：位於東京都台東區的聲色表演場所，禁止未成年進入。
榎本健一：被稱為日本的喜劇之王，榎健（エノケン）為大眾對他的暱稱。
清水金一：日本知名喜劇演員，清金（シミキン）為大眾對他的暱稱。
深見千三郎：被北野武等人尊為大師，鮮少出沒淺草之外，被稱為淺草傳奇藝人。
電氣白蘭：淺草區的酒吧業者以白蘭地為基底調出的雞尾酒。
歌劇藏（オペジュウ）：（編按）此人沒有確切資料，只知道是淺草藝人，也是黑道。
彼得清司：本名兼子二郎，彼得武（北野武）的漫才搭檔。
淺草神社每年五月會舉行的大祭典。
三波伸介：喜劇演員、藝人。
渥美清：日本知名喜劇演員，代表作為「男人真命苦」。
東八郎：日本知名喜劇藝人。

大海

站在海邊，我獨自思考
生物從海洋出現，中間經過億年
不斷進化，最後上陸
進化成站到生物頂端的人類
應該是最進化的，人類
在人類之母的大海前
對社會，對工作
對家人，愛，戀，死的煩惱身影

大海看到會作何感受？
這些人完全沒有進化
什麼都無法解決
啊，因為無法解決
才長成像人類這樣的生物吧
大海會這麼想嗎

父親

又看到，老爸在打老媽
媽媽抱住我們，叫我們快睡
把我們押入棉被
母親的哭聲像黑闇，走入寂靜
睡不著，站在廁所裡的我
在廚房一角，像隻野狗
瞄了我一眼，一臉慚愧
喝著酒的老爸

我對之前嫌惡他的自己感到羞愧

夫妻

入院一段時間父親死了
母親漠然擦拭著他的身軀
為葬禮做準備
因為父親長年受苦
為了小孩身形枯槁
一路工作貼補家用的母親
沒有感情也很正常
但突然間，母親哭了起來

所謂夫妻
應該存在一種孩子無法理解的羈絆吧

一個女人

大哥娶老婆了
今天，要來家裡，今天之後，似乎要一起住
我一早就浮浮躁躁
玄關一陣騷動，一個女人站在我面前
香水味飄了過來，那個女人對著我笑
我連打招呼都做不到，呆似木雞
那天之後又過了幾年
我的第一次約會

小跑步過來的女友
站在我面前
我，原來還是當時的我

母親

穿過荒川的蘆葦林，我躲著大人跳河游泳
損友在禁止游泳的立牌下被抓個正著還偷笑
傍晚，玩到沒力，那個肚子空空回家的我
在家門前等著的，我的母親

她哭著追打我，大概是安心了又開始笑
在低頭坐下的我面前
煮飯煎雞蛋
然後，坐在房間角落，開始作手工
瞧了我一眼，添飯
引線穿針
對於這個母親，我真的有盡到孝道嗎

兄弟

哥哥，終於帶我去上野看電影了
人生第一部外國片感覺好悲傷
吃完拉麵，在咖啡館喝了一杯冰咖啡
哥哥，被後來進店裡的抽菸客人
揍了，錢被拿了
回家的公車錢只剩一人份
哥哥把我推上公車
我又從公車跳下來

和哥哥一起回家
走在前方的哥哥背影搖搖晃晃
我也在邊走邊哭

分手的理由

我把在哭的女友撂下，獨自離去
任性講了很多理由
其實只是
討厭開車去海邊，或滑雪時
看到熱鬧大街上的戀人
討厭在餐廳前方，低頭數著
口袋裡有多少零錢的我們
我不認為這是我一個人的問題
女友也是共犯

或許這就是
現在我還無法享受這一切的原因

意義不明

沒搞懂活著的目的
最後死了，這樣的話
活著，活下來
這樣的事
既然會死，怎麼不快點死
那樣的事
都是一樣的意思吧

聖誕節

遲到了好幾個小時，女友從車站走出來
回我公寓的路上，整路
我不斷回頭
她一邊哭，一邊走
在房間門口
因為拒絕朋友的邀約
瞞騙爸媽花了許多時間
又買不到蛋糕

編圍巾也很費時
她還在哭
該怎麼哄她，抱她上床
我還在煩惱

相遇

會認識她，是在打工場所的員工餐廳
她遞來一個三明治，問：要不要這個
那就是我和她的相遇
在那之後，我經常追問當時的事
為什麼拿給我？
不想浪費食物

實話？
我不喜歡蔬菜三明治裡的生菜

實話？
是有點意思

對別的男人沒有意思嗎？
我只被你一個人吸引

實話？
是有更優秀的人，但像你這樣的比較剛好

認定我會約妳出去？

我完全沒抱任何希望

實話？

男人對食物沒轍，一定會馬上CALL我

第三次約會那時候，妳就料到我會做什麼？

才沒有，我這方面很不擅長

實話？

因為往公園走，回家是反方向

所以我猜你差不多就是要……

……她在我旁邊，睡得正熟

約會

今天剛好不用打工
約她出來，帶了釣具
搭上電車，來到伊東
在伊東港的防波堤垂釣
在身後不遠處，她在發呆
釣得到才有鬼
我們到車站前吃拉麵

實在太難吃，二人都低下頭

喀喀亂笑

搭電車回家，入夜了

在常去的那間店吃飯

想起門禁時間，她開始小跑步往車站走

途中只回頭一次

這樣的行程不算約會吧？

再一次，我又做錯了

新年參拜

二月了，才想起去淺草寺
身邊的她投了錢幣，拜了起來
在咖啡店，我問，妳剛才求什麼
不告訴你，說完後她笑了笑
不過看起來有點悲傷
她到底求了什麼
一定不是天大的事
應該是日常小事

連這個都無法幫她實現的我真是悲哀

旁觀者　之一

喂，小鬼，把刀子對著我來啊
有你好看的
不要以為我只是路上隨便的阿伯
你說想試試，殺人是什麼滋味
好啊，要不要讓你嘗嘗
被殺是什麼滋味
你說在學校被霸凌過
你這種人，還把歐巴桑虐待到死

被欺負也不奇怪
你說，因為想要受到矚目，你個王八
你這種垃圾，不用兩個月，沒有人會記得
想要受矚目，是最沒格調的事
所以我們這些藝人才會被當成笨蛋
不過，又被你這種笨蛋取代
想受矚目是吧
到國會前面，淋汽油自殺吧

旁觀者　之二

喂，阿伯你在幹嘛，竟被這種小鬼瞧不起
小孩才6歲，留他當人質然後自己落跑？
為什麼不撐到最後
就是這樣才被小鬼瞧不起
什麼時候開始日本的大人落到這般田地
對於在公共場合叫囂的小鬼不敢發怒
搞援交、當癡漢
遇到有難的人假裝看不見

喂，阿伯

你的行為和那些傢伙同罪

男人的責任就是自我犧牲

時光機

我才不想回去年輕的時候
在街上看到，年輕人因為欲望快要爆裂的
膨脹的臉，每見一次我都想吐
對於穿的、吃的、酒、女人、金錢
不害臊的赤裸欲望
以前我也和這些傢伙一樣
發燒似的在追求這些
看到這些傢伙

就想起以前的我

廢材聯盟

吃父母供的餐，用父母給的錢
去喝酒的地方，看誰在，就住進朋友家
或是交往看看，就算沒有工作
能過上這樣的生活，也算中產階級
相比之下，供老婆、小孩吃穿
被房貸追著跑，想喝一杯還要考慮錢夠不夠
不被女人當回事，擔心被裁員
唯一的樂趣剩下，在常磐線當癡漢

要這麼活的話，如果有人和我一起
我比較想加入廢材聯盟

ダメ連：九〇年代，由早稻田兩個學生發起的「重新摸索生活方式的組織」，面對因為退休或留級，「無法工作」、「無法戀愛」、「無法建立家庭」等被否定生存意義的人，主張社會給予的壓力才是問題根源，人應該設法讓自己自由生活。

職業：藝人

已經是早上了
還剩幾小時呢
我能這樣靠著牆，想妳
經紀人的車子馬上就來了，要把我載到電視台
開始扮演他人

不過，我還是要感謝妳
雖然只是短短的幾小時
妳把我變成，為了愛情煩惱的，少年

法國少年

一回頭，是一個少年
給我一張簽名紙
是誰幫他寫的呢
紙上用日文寫著
たけしさんの映画が大好きです（我最喜歡武導演的電影）
還有一張我的肖像畫
是花了多少時間畫的呢？

和他差不多大的時候
除了棒球選手
我對誰投入過這等熱情嗎
法國，不愧是藝術的國度

尼斯的海

在意他人影評的導演
裝親切靠近的電影記者
聽到誰得惡評就竊喜，誰成功就忌妒他
藝術，文化，創造性，這些
都被丟入眼前的海
爭奪財富和名譽
是我們汙染了尼斯的海

宇宙

人要活下去
真不知道
是艱難，還是容易
有人
抱著大的夢想或目標，還沒完成就死去
有人
為了別人眼中的綠豆小事
會感到喜悅或悲傷
不過，這些並不能放在一起比較
這個世界上，有多少人就有多少宇宙

人在各自的宇宙裡活著
我們或許並無法認識他人的宇宙

神

你們#把我稱為神
那可以不要把神當玩具嗎
讓我闖入出版社
讓我騎車，撞壞，又修好
我老了，生鏽了
房間角落也好
可以安靜地，把我放在那嗎
不想再當你們的玩具，我累了

啊……你們，手又伸過來，要把我抓走

此處指「北野武軍團」的成員。作者採用了外界對北野武軍團成員的特殊稱謂「ボーヤ」，原意為演唱會、公演等的隨團人員。

右眼

我這個人，習慣用右眼看事物
大概是小時候
家裡來客人，或和媽媽在外和人碰面
我一定是抓著媽媽的腰，從後方露出半臉
觀察對方
大概因為這樣，我的思考也像從右邊出發
但意外事件讓我傷了右眼，一切像蒙上了一層薄霧

國家圖書館出版品預行編目資料

我變成了笨蛋 : 北野武詩集 / 北野武著 ; 尼基譯 . -- 初版 . -- 新北市 : 不二家出版 :
遠足文化發行 , 2018.01
 面 ; 公分
ISBN 978-986-95820-0-1(平裝)
861.51 106022336

我變成了笨蛋：北野武詩集

作者 北野武 | **譯者** 尼基 | **責任編輯** 周天韻 | **封面設計** 朱疋 | **內頁排版** 唐大為
行銷企畫 陳詩韻 | **校對** 魏秋綢 | **總編輯** 賴淑玲 | **社長** 郭重興
發行人兼出版總監 曾大福 | **出版者** 不二家出版 / 遠足文化事業股份有限公司
發行 遠足文化事業股份有限公司 | **地址** 231 新北市新店區民權路 108-2 號 9 樓
電話 (02)2218-1417 | **傳真** (02)8667-1851 | **劃撥帳號** 19504465
戶名 遠足文化事業有限公司 | **印製** 成陽印刷股份有限公司
電話 (02)2265-1491 | **法律顧問** 華洋國際專利商標事務所 蘇文生律師
定價 300 元 | 初版 2018 年 1 月 | 初版四刷 2019 年 10 月 | **有著作權 · 侵犯必究**